Conan Barbaren

Første Del

Erika Sanders

Conan Barbaren:
Første Del

Erika Sanders

Serie
Conan Barbaren bind 1 til 4

Synopsis

Lær kvinderne i Conans liv at kende, som du aldrig har fået at vide før ...

Efter nye eventyr og nye triumfer vender Conan og hans parti tilbage til byen, hvor de nu kalder hjem, Tarantia.

Vil tilbagekomsten få dem til at gå glip af eventyrene? eller bliver det bedre end forventet?

Denne publikation indeholder bind 1 til 4:

1 - Conan
2 - Zula
3 - Cassandra
4 - Valerie

Ny serie baseret på Robert E. Howards værker.

(Alle karakterer er 18 år eller ældre)

Bemærkning om forfatteren:

Erika Sanders er en internationalt kendt forfatter, oversat til mere end tyve sprog, som signerer sine mest erotiske skrifter, langt fra sin sædvanlige prosa, med sit pigenavn.

Indeks:

CONAN BARBAREN
FØRSTE DEL
ERIKA SANDERS

KAPITEL I
CONAN

Solen skinnede på byen Tarantia, da den lille gruppe rundede toppen af bakken.

De hvide tårne, kobberkupler og minareter skinnede i sollys og tog imod dem efter deres lange rejse.

De sidste par uger havde været spændende, farlige, da de havde udforsket tabte katakomber på jagt efter skatte og afværget monstre og onde ånder for at få deres præmie.

Faktisk var det mønterne, der nu bar deres rygsække.

Conan så på sine kolleger, trofaste kammerater i de kampe, de havde udkæmpet, og mange flere før.

Lady Yasimina var lederen af gruppen, på trods af hendes udenlandske oprindelse.

Født ind i aristokratiet et sted i syd, bag floden Styx, var hun intet som adelen i Tarantia eller dens nabobyer.

Hendes skulderlange blonde hår var blottet i luften, da hun havde fjernet hjelmen, og hendes blege læber buede sig til et smil, da hun så byen forude.

Hun var måske udlænding, men Tarantia var også blevet et hjem for hende i de senere år.

Med rejsestøvet og tidligere kampes hede var det nu kun hendes kongelige holdning, der markerede hendes ædle herkomst, men da de først var tilbage, var der ingen tvivl om, at hun med lethed ville kunne bevæge sig blandt adelen igen på grund af hendes viden om den påkrævede etikette, som gør nogen ideel som talsmand for gruppen.

Meget mere end en barbar som Conan.

13

I modsætning til Lady Yasimina, der var muskuløs og tungt pansret, var ved siden af Conan Valeria, hun var en elver-troldkvinde, kun bevæbnet med en dolk stukket ind i hendes bælte.

Hun havde selvfølgelig rejsetøj på nu, men i morgen var han sikker på, at hun ville være klædt i rigt tøj, der komplementerede hendes skønhed.

Lige så bleg og blond som Yasimina, hendes hår var langt, i øjeblikket bundet til en lang hestehale for at afsløre højdepunkterne i hendes ører.

Hun havde boet blandt skovene på de sydlige øer i det meste af sit liv, hvilket måske forklarede hendes mærkelige udtryk, da hun nærmede sig byen.

Men hun virkede, tænkte Conan, rolig og afslappet.

Måske var dette for hende som alf blot slutningen på endnu en rejse, en pause mellem rejserne, snarere end en sand hjemkomst.

Zula, den tredje af kvinderne, virkede den lykkeligste.

Den lille nisse sad fremme på ponyens sadel, med øjnene rettet mod byen forude.

Hun havde allerede gjort en indsats for at soignere sig selv før deres ankomst, børstet støvet af hendes tøj, og selv nu rettede hun sin rødlige kjortel og førte en hånd gennem sit korte brune hår.

Han så ud til at forvente hjemkomst mere end de andre, og Conan mente, at det ofte syntes at være tilfældet.

Han vidste, at nisser elskede familie og hjem, og selvom Zula ikke havde nogen levende slægtninge, som han kendte til, var det måske for hende hjemmet, det sted, hvor hun følte sig bedst tilpas.

Hun var bestemt en indfødt i byen, ligesom han.

Som sædvanlig var Snagg den sværeste at læse.

Dværgen var fåmælt, ligesom alle hans slægtninge, og hans ansigt viste ingen følelser nu.

Hans rustning var tung og forslået, efter at have taget hovedparten af kampene i de seneste uger, og han ville være blevet såret eller værre, hvis det ikke havde været for Yasiminas helbredende magi.

Mørke øjne under tunge øjenbryn var rettet mod vejen foran, fortabt i de tanker, som dværgene ofte holdt for sig selv.

Conan vendte sig og stod over for Tarantia.

Nu var det hendes hjem, hvor hun var vokset op og lært, hvad hun er nu, længe før hun mødte de andre.

Jeg var ikke i tvivl om, at han var glad for at være tilbage.

Inden længe vidste han, at de ville tage ud på deres eventyr igen, og han nød de øjeblikke.

Men byen havde mange fornøjelser, der blev nægtet den undervejs.

Det var et civiliseret sted, et helligdomslignende sted.

I de næste par dage vil der være mange ting at lave.

Han måtte gå på School of Warriors og genforenes med sine venner og kammerater og for at fortsætte sin træning.

Og derudover lavede han sine meditationer i tempelkapellet, hvor han lige dér bad til den guddom, der stod hans hjerte nærmest: Muriela, kærlighedens gudinde.

Men mest af alt ville hun have tid til at slappe af, nyde de offentlige bade, den gode mad og vin, til at sludre på markederne og, hvis Muriela accepterede, finde selskab for natten.

***

Villaen lå nær den vestlige side af byen, ikke langt inde i muren.

Det var en stor bygning, først købt og siden renoveret med de penge, de havde tjent på eventyr.

Conan og Zula havde insisteret på det; de boede på kroer, mens de var væk, men de ønskede et sted at vende tilbage til, en base af operationer, som de virkelig kunne kalde deres egen.

Det tog ham et stykke tid at genoprette bygningen til dens nuværende tilstand, da den var i en ret forfalden tilstand, da de købte den.

Men resultatet var tiden og omkostningerne værd.

Centralbygningen var i to etager med, som mange andre i byen, et bredt fladt tag, hvor de kunne samles om sommeren.

På hver side var to fløje, hvoraf den ene indeholdt staldene.

Og mellem fløjene var der en bred gårdsplads, afskærmet fra resten af byen.

For eventyrere kom det naturligt at have i det mindste et vist niveau af forsvar, selvom de var så sikre, som de burde være i Tarantia.

Yakin lukkede portene, da den sidste af hestene kom ind i gården.

Han var en ung mand, kompetent i sit job som administrator, men han var ikke en eventyrer.

De havde ansat ham for et år siden, da de indså, at nogen skulle beholde huset, mens de var væk i ørkenen.

"Har de gjort det godt?" spurgte han: "Jeg kan se, at ingen af jer er kommet til skade, gudskelov!"

Conan smilede, steg af og klappede den unge mand på ryggen.

"Ja, vi har gjort det godt. Vi må tage denne skat til hvælvingen og så rydde op. Vi vil kun kræve en let frokost; lad os give dem tid til at bringe nogle friske forsyninger."

Han så på de andre omkring sig.

De var også steget af deres heste og ponyer og strakte benene efter deres ridetur.

Yasimina og Valeria sluttede sig til ham og hilste på Yakin , men Snagg nikkede bare i hans retning uden at sige noget.

Zula så ud til at have travlt med flokkene på sin hest og kiggede kun af og til i deres retning.

Måske troede hun, der var gået løs...

Conan skubbede tanken fra sig.

"Vi fortæller dig alt, lige i eftermiddag," sagde Yasimina, "men først og fremmest glæder jeg mig til et bad og noget rent tøj. Og om aftenen, et godt måltid, måske? Vil alt være klar "?"

"Ja, min frue," svarede Yakin, "og der er ikke sket noget større, mens du var væk, jeg er glad for at kunne sige, at alt er, som du forlod det."

"Så du kan se," kimede Conan ind, "i aften, jeg tror, jeg kunne tænke mig at gå på et værtshus. Brug nogle af de hårdt tjente penge, og husk, hvordan det er at være tilbage i byen! Er der nogen med mig?" "

Snagg nikkede og gryntede, men kvinderne protesterede.

"Nej, jeg tror, at lidt fred og ro ville appellere til mig i dag" svarede Valeria. "Jeg bliver her i nat."

"Som vil jeg," svarede Yasimina og så hen mod det sidste medlem af gruppen, som endnu ikke havde sluttet sig til dem, "Hvad med dig, Zula?"

"Åh..." sagde dværgen, som om hun var en smule overrasket, "nej, nej, jeg tror også, jeg bliver her. Jeg, øh, jeg tror faktisk, jeg går tidligt i seng. Jeg føler mig ret træt. trods alt." denne gang camping i telte".

Conan nikkede. Det ville måske være godt at tilbringe en nat med et andet selskab i et stykke tid, efter at have været på farten med de andre så længe.

"Så kun dig og mig, Snagg ," sagde han og tilføjede, "vi vil prøve ikke at være for bøllede, når vi kommer tilbage. Men først har vi en eftermiddag foran os ... og en ung mand at underholde med vores eventyrhistorier." hva?

***

Gold Cup kroen var fuld, som sædvanligt på dette tidspunkt af natten.

Selvom stedet lejede værelser, var det lige så meget et værtshus som en kro, så da skyggerne begyndte at blive længere udenfor, kom mange af de gode mennesker i Tarantia ind for at få en drink, inden de tog hjem.

Kundekredsen var dog generelt respektabel, så der var ringe chance for, at der skulle ske slagsmål eller på anden måde noget ubehageligt, som det ofte var tilfældet på værtshuse i andre dele af byen i mindre prisværdige områder.

Det var derfor, Conan kunne lide det, og også fordi moderat velhavende besøgende fra udlandet ofte opholdt sig her, så det var også et godt sted at finde arbejde.

Men det var ikke derfor, han og Snagg var kommet her i aften. De havde haft arbejde nok for øjeblikket.

Han ville slappe af og have det sjovt, i det mindste for en nat.

Han fandt et ledigt bord, og de satte sig begge ned og bestilte en drink.

Servitrice, som ikke kunne lade være med at bemærke, var smuk.

Hun var i slutningen af tyverne med krøllet, skulderlangt hår, farven af gyldent sand, brune øjne og et imødekommende smil .

Hendes kortærmede hvide skjorte var lavt skåret og afslørede rigelig spaltning.

Og hendes hud, efter hvad jeg kunne se, var smuk og let solbrændt.

"Du er ny," sagde han og smilede, da hun kom hen med en bakke med drikkevarer, "hvad hedder du?"

"Livia," sagde han ganske enkelt og glædede hende med et smil fyldt med smukke hvide tænder.

Mens han gjorde det, lagde han mærke til, at hendes øjne bevægede sig hen over ham og indtog hans mørke hår, korte skæg, og hvad han forventede var en rimelig slank, atletisk krop fra et job, der ofte holdt ham motioneret.

Hendes blik svævede lidt over hendes ører, let spidst og viste hendes halv-elver-arv.

"Jeg har arbejdet her i et par uger, men jeg har ikke set ham før. Kommer han ofte?"

Han stillede et par krus på bordet og kiggede kort på Snagg , men så, da han tilsyneladende ikke så noget af interesse, vendte han sig tilbage til Conan.

"Jeg hedder Conan," svarede han, "og jeg bor faktisk i nærheden. Men Snagg og jeg har været væk på det seneste, herfra."

"En eventyrer?" sagde hun og lød imponeret, "eller en købmand, måske?"

"For det første, og jeg tør godt sige, at jeg kunne have en masse interessante historier at fortælle dig, hvis du har tid."

Snaggs øjne rullede lidt ved kommentaren.

Sikkert, for en dværg, var selv dette en smule for kastet.

"Senere, måske," sagde Livia, "der er andre kunder."

Endnu et hurtigt smil, og hun forsvandt tilbage i mængden.

"Nå, min ven," sagde Conan og vendte sig mod sin medeventyrer og løftede sit krus: "Til vores seneste sejre!"

Og som aftenen skred frem, udvekslede de historier om deres seneste eventyr, og en lille gruppe begyndte at samles om bordet.

Nogle af dem, vidste Conan, var kontakter og venner, der også frekventerede denne værtshus, men nogle andre var mennesker, han i bedste fald vagt genkendte.

Snagg blev mere kviksølvisk, da han drak mere øl, men krigeren så ingen grund til at stoppe ham.

Han talte mere om slagsmål og nærdøde-eskapader end rigdom og skatte, og hvad var meningen med at være eventyrer, hvis man ikke kunne prale lidt?

Desuden var hans opmærksomhed ofte et andet sted.

Da Snagg startede ind i en historie om at bekæmpe en skyggefuld udøde, kiggede Conan på Livia.

Han havde lagt mærke til, at han havde været opmærksom på historierne, og hans øjne var mere på ham end på dværgen, uanset hvem der talte.

På dette tidspunkt lænede hun sig dog over for at række ud efter en kande bag stangen.

Hendes grønne nederdel faldt til midten af læggen, så han kunne se lidt af hendes ben, men hendes røv var godt afrundet.

Hun forestillede sig det uden nederdelen, hvordan det ville føles i hendes skålede hænder...

"Og så...?"

"Hmm?" Han vendte sig mod Snagg , klar over, at han havde ledt andre steder, og havde mistet tråden i samtalen.

"Fortæl dem, hvad du derefter gjorde," tilskyndede han dværgen, "efter Yasiminas hætteglas var faldet ned i brønden."

Han adlød, vendte tilbage til historien og glemte et øjeblik Livia. Men så dukkede hun op på den anden side af bordet og tørrede en smøre op på hendes vej.

Hun lænede sig ind, mens hun gjorde det, meget bevidst, tænkte han og gav et klart, uhindret udsyn til toppen af hendes skjorte og til de høje af hendes bryster, der ragede ud fra hendes spalte.

Han rømmede sig, "tilbage til dig..." fortalte han Snagg.

Livia gav ham det smil igen, skubbede rundt om bordet, indtil hun var ved hans side, og trak sit smukke lår mod hans hånd.

Det kunne ikke have været et uheld, så han smuttede i det skjulte sin hånd op, mærkede hendes krops form gennem det tykke stof i hendes nederdel og gav hendes balde et let klem.

Hun sagde ikke noget, og alle andre kiggede på Snagg på det tidspunkt.

Han så på hende, og hun så op i loftet, i retning af kroens soveværelser, og blinkede til ham.

Han nikkede stille, og så var hun væk, tilbage mod baren og en anden gruppe gæster.

**

Conan gik rundt i det mørke rum.

Den større måne steg udad og kastede sit sølvlys over byen, og noget af det væltede ud gennem det lille vindue.

Eftermiddagen var slut, og Snagg var væk og vendte tilbage til villaen alene.

Han virkede resigneret over det, ikke særlig overrasket, men heller ikke bifaldende.

Dværgene tilbad jo ikke Muriela.

Conan havde allerede klædt sig af til taljen og smuttet sine sandaler af, hans tøj var nu foldet sammen på en stol i hjørnet.

Værelset indeholdt kun en seng og et lille bord.

Det var ikke et af de mest elegante værelser på kroen, men det gjorde egentlig ikke noget.

Der var intet spejl, men krigeren glattede sit hår alligevel og forsøgte at se bedst muligt ud.

Hun kunne høre rengøring nedenunder, nu hvor de sidste gæster var gået hjem eller gået op på deres værelser.

Det bankede stille på døren, og han rakte hurtigt frem for at åbne den.

Livia stod indrammet i døråbningen og holdt et stearinlys på en lille tallerken i den ene hånd.

Stearinlysets skær oplyste hendes ansigt og bryst, hendes krøllede hår kastede skygger, hendes læber lidt adskilte og indbydende.

"Jeg begyndte at tro, at du ikke kom," sagde han spøgende, men ventetiden havde ikke været for lang.

"Jeg havde ikke haft en chance," sagde hun og smilede endnu en gang.

Hun kom hurtigt ind i rummet, lukkede døren fast bag sig og stillede stearinlyset på bordet.

Conan bevægede sig for at slukke den, men hun rakte ud efter hans hånd og holdt den i sin.

Hans hud var blød, varm.

"Lad den sidde," mumlede Livia, hendes øjne vandrede over hans bare bryst og op over hans overkrop.

Pludselig skød hun hans hoved med sin frie hånd og trak ham til sig og kyssede ham lidenskabeligt.

Kysset blev ved, deres læber mødtes.

Conan slog sine arme om hende, trak dem sammen, knuste hendes vellystige bryster mod hans bryst, kun adskilt af bomuldsstoffet i hendes skjorte.

Hendes arme slynget sig om ham, hendes hænder udforskede hans ryg, og sendte en prikken af forventning ned ad hans rygrad.

De holdt en pause, tog en dyb indånding og så hinanden i øjnene, og så kyssede de igen, tungerne flettet sammen.

Til sidst trak hun sig tilbage, og han så på hende igen og beundrede den måde, hendes brystkasse rejste sig på.

Han rakte ned og fjernede hendes hvide skjorte, lod sine hænder glide op ad siderne og løftede den så over hendes hoved, mens hun løftede armene.

Hun smilede igen og udtalte den enkle sætning: "Er jeg okay med dig?"

Det var et spørgsmål, der egentlig ikke behøvede et svar; hun var storslået.

I stedet for at svare lagde han hendes bryster i hænderne og førte fingrene hen over hendes hud.

Hendes brystvorter var også store og lyserøde, allerede hårde og spidse, da han strøg sine tommelfingre.

Han trak hende til sig igen, og de kyssede, mens han førte sine hænder gennem hendes hår og sporede konturerne af hendes hals.

Han førte hende forsigtigt hen til sengen, skiftevis kyssede hende og rørte ved hendes bryster.

Livia sukkede, mens hun lå på ryggen, og han klatrede op på sengen ved siden af hende.

Han kyssede hendes hage og derefter hendes hals og bevægede sig ned til hendes kraveben.

Han standsede et øjeblik, beundrede formen af hendes bryster, lænede så sit hoved mod en og svirpede hendes brystvorte med tungen.

Hun mumlede noget uhørligt, men glad, og han fortsatte, suttede blidt og kørte tungen hen over den følsomme hud.

Han masserede hendes frie bryst og skiftede så.

Det smagte godt, da hans egne hænder løb op ad hendes arm, over hendes skulder og mærkede hendes faste krop.

Han så op, og deres øjne mødtes igen.

"Mmm... stop ikke" sagde hun.

I stedet for at svare kyssede han bunden af hendes brystben og bevægede sig derefter til hendes mave.

Han reflekterede igen over hendes huds blødhed og formen på hendes krop, godt skitseret, men uden hårde muskler.

Han rakte ud efter rammen på hendes nederdel, klatrede op af sengen for at placere sig mellem hendes ben.

Han trak hendes nederdel og bomuldstrusser over hendes hofter og lod dem glide over hendes ben for at hvile på gulvet.

Livia sparkede skoene af og stod nøgen og hjælpeløs foran ham.

Nøgne, hendes ben så godt ud, som han havde forestillet sig nede i værtshuset.

Han førte sine hænder over hendes lår, bevægede dem langsomt op og kyssede hendes hofter lige ved siden af haugen af kønsbehåring.

Hendes ben var adskilt, og han blæste sagte mellem dem, mens hans åndedræt drillede hende, mens hun i stearinlysets skær så en perle af fugt glimte mellem dem.

"Åh ja," sukkede Livia, "ja tak..."

Han førte sin tunge hen over slidsen, så skilte læberne sig, og prøvede det varme, indbydende kød fra hendes kusse.

Livia gispede af fornøjelse, hendes hofter vred sig lystigt mod lagnerne.

Conan lagde sine hænder på hendes bund og fortsatte med at sutte og slikke, mens han svirrede tungen mod hendes klit.

Livia stønnede sagte nu.

Han sænkede en hånd for at stryge hendes hår og løb langs det spidse omrids af hendes venstre øre.

Han kiggede op og så de vidunderlige bryster hæve sig og falde, mens hendes vejrtrækning blev tungere, mere ophidset.

Hun vendte tilbage til sin opgave og satte nu en af sine fingre ind i sin fisse, mens hun fortsatte med at slikke den.

Mens han legede med hendes klit, stønnede hun og flyttede sig lidt under ham, så han gjorde det igen og forvandlede hendes støn til lidenskabelige gisp.

Han rejste sig og beundrede endnu en gang skønheden af pigen foran ham.

Livia støttede sig op på albuerne, sveden drypper nu ned over hendes ansigt og svirrede en lås henover hendes pande.

Hans blik rejste hen over hendes krop, da han igen sad på sengen ved siden af hende.

"Du nød det, ikke sandt"

Han drillede hende og fik et kys til gengæld.

Han rakte op for at kærtegne et af hendes bryster igen, mens hans hånd gled ned ad hendes side.

Hun trak i bæltet, løsnede snoren med lidt besvær og lod dem glide over lårene.

Han tog sine trusser af, og hendes hånd fandt hans pik, strøg langs dens længde, førte hendes finger hen over spidsen og børstede knoppen.

Han kyssede hendes nærmeste bryst igen, suttede på brystvorten, slikkede den, mens hans egen hånd kærtegnede hans erektion.

Han undrede sig igen over den bløde berøring, som kun syntes at drive ham til større ekstase.

Hun gned hans pik mod det våde hår i hendes skede, og han kiggede op og mødte hendes bedende blik.

Han drejede sit ben og skrævede over hende, mens hans vægt pressede ned på hendes bryster.

Hun guidede ham indenfor, mens han stødte dybt ind i hendes imødekommende kusse.

"Åh guder," mumlede hun og slyngede den ene arm om nakken og skød bunden med sin anden hånd, mens hun fortsatte med at gynge frem og tilbage.

De pustede nu, fornøjelsen vældede op inde i ham, mens han stødte igen og igen ind i hendes krop.

De kyssede, mens han masserede hendes ene bryst, og hun kørte en finger rundt om konturen af hans øre.

Han stoppede et øjeblik og ønskede ikke, at begivenheden skulle slutte for tidligt.

Hendes brune øjne var levende, funklende i stearinlysets skær, og hendes smil var lige så smitsomt og indbydende som altid.

Han begyndte at bevæge sig igen og mærkede hendes hofter presse sig mod ham, hans hånd greb mere om hendes balder nu, hendes bryster dryppede af sved, mens hendes hævede lyserøde brystvorter fortsatte med at danse.

Livia skreg, da han kom og greb ham til sig, mens hendes egen orgasme ramte hendes krop.

Selv Conan havde ikke forventet, at hans første nat tilbage fra eventyret ville blive så behagelig...

KAPITEL II
ZULA

Zula lukkede sin soveværelsesdør bag sig og lænede sig op ad døren et øjeblik, pludselig nervøs.

Han havde undskyldt sig selv fra samtalen om natten, da Yakin var gået for at fuldføre sit eget natarbejde.

Hun havde påstået træthed, men sandheden var en helt anden.

Hun tog den magiske krystalkugle op af sin taske og holdt den i hånden, mens hun kiggede på den, og hendes hjerte hamrede.

Da han fandt det, begravet i affald tæt på bagsiden af et underjordisk kammer, havde han oprindeligt planlagt at overdrage det til de andre, ligesom enhver del af byttet fra gruppens skat.

Men det var før hun indså, hvor nyttigt det ville være, og præcis hvad hun kunne gøre med det...hvis bare de andre ikke vidste, at hun havde det.

Han følte sig skyldig for at gøre det, især når han overvejede, hvad hans egentlige motiv havde været.

Måske skulle han have fortalt dem det og så krævet det som sin del af byttet.

Det var meget nemmere, hvis de ikke vidste det... men lige så meget nu ville det være ekstremt pinligt, hvis de fandt ud af det.

Men det var allerede for sent til det.

Han havde krystalkuglen i hånden, og det nyttede ikke noget at tage den, hvis han ikke havde tænkt sig at bruge den.

Det ville være den værste af begge muligheder.

Hun trak vejret for at berolige sig selv og skød låsen på indersiden af døren, lukkede den og satte kursen mod sin seng.

Han tog sin jakke af, lagde den til side, satte sig på sengen og tog også sine støvler af.

Som nisse elskede han komfort, og sengen føltes allerede indbydende.

Hun lagde sig oven på betrækket, mærkede deres bløde materiale med sine bare tæer og hvilede hovedet dybt på puden.

Så da hun allerede følte sig lidt mere afslappet, spredte hun den lille magiske kugle ud foran sig.

Hun vidste selvfølgelig, hvordan hun skulle aktivere tingene, efter at have set det gjort en gang før, for flere år siden.

De var nyttige redskaber, men sjældne, og det var kun hans lykke, der gjorde, at en kunne glide i hans hænder.

Hun stirrede på kloden, vækkede den til live, og pressede den derefter forsigtigt mod det ene lukkede øje.

Glasset begyndte at gløde, og en diset skive af lys dukkede op foran hende.

Han åbnede sin hånd, og bolden begyndte at stige, og efterlod kloden bag sig, stadig fast foran hans ansigt.

Han kunne se former dannes inde i skiven: et billede af hans mørke værelse set fra krystalkuglens perspektiv, ikke hans egne øjne.

Et magisk øje, faktisk, tænkte han.

Nu skulle han bare tænke over, hvor han ville have ham hen, og håbe, at ingen så ham.

Den var så lille, at ingen ville gøre det, så længe hun var forsigtig.

Nu kunne hun se hvorhen hun ville, uden at nogen vidste det... og der var særligt ét sted, hun bestemt gerne ville se på.

Hun ville ønske, at øjet ville svæve ud af det åbne vindue og ned i stueetagen, hvor det gled gennem en anden åbning.

Pladsen var for smal til, at en person kunne passe ind på grund af metalgitteret over vinduet, men ikke til noget så lille som dette øje.

Han rettede blikket mod hovedrummet, hvor han havde efterladt de andre, og lod det hænge lige over døren, i skyggerne nær loftet.

Huset var kun oplyst af nogle få fakler hist og her, hvilket efterlod mange mørke pletter.

Gennem døren kunne han se Yasmina og Valeria, som allerede så ud til at trække sig tilbage, og tilsyneladende besluttede sig for, at der ikke var andet, de kunne gøre i aften, medmindre de ville vente på Conan og Snagg.

Han ventede på det rigtige øjeblik og holdt øjet, hvor det var, indtil de startede op ad trappen, og bevægede det derefter langsomt ned ad gangen, mod en af bagdørene.

Det magiske syn af stedet var ekstraordinært, næsten som om hun selv stod der, eller rettere sagt svævede i luften, lige under loftet.

Detaljerne var lige så skarpe som hans eget syn og med næsten det samme synsfelt.

Men det var godt, at hun var i et mørkt rum, for skyggerne, der viste sig på skiven foran hende, ville have sløret alt, hvis hun selv stod i lyset.

Næsten umiddelbart efter at være kommet ind i den bagerste korridor, så han sit mål: Yakin.

Yakin var selvfølgelig et menneske, og deri lå tragedien.

Han var en smuk dreng, et par år yngre end hende, men gammel nok til at være hendes type og moden nok til at interessere hende.

Han ville have lavet noget af en nisse med sit udseende, sit lysebrune hår og lige næse.

Men det var det ikke, hvilket betød, at der altid ville være en kløft mellem dem.

Mennesker blandede sig ofte med elvere - det var Conan et levende bevis på - men aldrig med nisser.

Forskellen i størrelse var en for stor hindring for deres opfattelser og, hvis hun var ærlig, også for de fleste nisser.

Hun var tre fod to tommer høj, helt rimeligt for en gnaven kvinde, men mod et menneske som Yakin... ja, hvis hun skulle være ærlig, var problemet, hvad der var i hendes skridt, som ville være for stort til hende.

Det var en skam, det var det virkelig.

Hvis der bare var en måde at skrue ham ned til størrelse på, så han kunne tage hende som en normal kvinde.

Det var ikke det, at hun lignede en pige på nogen anden måde; hendes bryster og hofter gjorde hende lige så velskabt som enhver menneskelig kvinde.

Dværgene var anderledes med deres tykke bygning og forkrøblede lemmer; selv hvis et menneske var på størrelse med en dværg, ville det være usandsynligt, mente han, at finde en attraktiv.

Og hvis hun var en dværg, ville hun sandsynligvis ikke se noget i Yakin.

Men det var han ikke, og sandheden var, at han var en attraktiv ung mand, og altid betænksom og hjælpsom.

Hvor mange gange havde hun ligget i netop denne seng og tænkt på ham?

Hvor mange gange havde hun forestillet sig hans ansigt i de sidste par dage, mens hun ventede, indtil hun kunne være i nærheden af ham igen?

Hvor mange gange havde hun fantaseret om ham og forestillet sig, at han på en eller anden måde var skrumpet ned til hendes størrelse, og hvad de kunne gøre sammen, hvis han var det?

Men det ville hun ikke i aften; hun ville bare se på ham, vel vidende at hvis han vidste hvad hun følte, ville tingene blive desperat ubehagelige.

Fordi han var et menneske, og han kunne aldrig gengælde hendes følelser, hendes ønsker.

Så hun lå på sengen og så ham lukke skodderne og slukke faklerne og forberede villaen til natten.

Hun indså, at med skodderne lukkede, ville hun være nødt til at gå ned igen, efter at han var gået i seng, og åbne vinduet for at lukke øjet tilbage på hendes værelse.

Men i øjeblikket var hun glad for at se ham.

Efter et stykke tid, tilsyneladende tilfreds med sine pligter for natten, gik Yakin gennem en sidedør.

Zula indså straks, at dette ikke var vejen til hendes bolig.

Faktisk, indså hun, at hendes hjerte nærmest sprang ved tanken, det var døren til badeværelset!

Byen Tarantia blev bygget på varme kilder, en del af årsagen til dens eksistens.

Villaen havde, ligesom mange andre i hele byen, sit eget badeværelse, fyldt med naturligt varmt vand.

Hun havde selv brugt det tidligere til at vaske rejsesnavs og -støv væk, hendes første ordentlige bad i over en måned.

Ubevidst, idet hun glemte sin beslutning fra et stykke tid før, flyttede hun sin venstre hånd til sit bryst og kærtegnede den gennem det rødlige klæde i sin kappe.

Hendes brystvorter stivnede ved berøring.

Var Yakin bare derhen for at ordne noget, eller...?

Hun slog øjet gennem døren bag ham og kastede det mod loftet.

Yakin vendte sig pludselig, kiggede bag sig og gik så ud af døren.

Havde han set øjet?

Havde han flyttet det for hurtigt?

Zula var nu lammet og turde ikke bevæge sig, som om han på en eller anden måde kunne se hende, og ikke en flydende krystalkugle.

Men det unge menneske rystede på hovedet og så tilsyneladende intet og vendte tilbage til værelset og lukkede døren bag sig.

Han havde været tæt på, men det så ud til, at hun havde formået at holde sit øje ude af syne.

Nu turde han dog ikke flytte den fra dets nuværende sted nær loftet, væk fra de to lamper, der oplyste rummet.

Hun kunne ikke risikere at gøre ham mistænksom igen.

Yakin tog et af håndklæderne frem og placerede det i nærheden af badeværelset.

Hun indså, at han virkelig skulle i bad, og hendes oprindelige plan forsvandt fuldstændig fra hendes tanker.

Hun ville bare se ham arbejde, indtil han slukkede lamperne og kastede huset ned i mørke, men nu var det anderledes.

Hun gned sin venstre hånd over sit bryst igen, krøllede stoffet over det, mærkede spændingen, da hun lod sin anden hånd hvile på indersiden af hendes lår, og mærkede det bløde læder i hendes stropper presse mod hendes kød .

Hun trak vejret ind, sukkede af forventning, hendes øjne blev store.

Yakin trak sin tunika af og bøjede sig så for at snøre sine sko.

På trods af alt, hvad hun havde prøvet, havde hun aldrig set ham i en tilstand af delvis nøgenhed før .

Han indså, at han ikke engang rigtig vidste, hvordan en nøgen menneskelig mand så ud.

Hvor ligner de nisser?

At dømme ud fra, hvad han hidtil havde set, var der ingen forskel.

Yakin var moderat velbygget, hans lyse hud fejlfri og glat, en let belægning af hår på hans øvre bryst, men meget lidt.

Hans fysik var, som hun altid havde forestillet sig ham, trim, men ikke alt for muskuløs, hans mave flad.

Hun kiggede ned i taljen, mens hun begyndte at fumle med snørebåndene, der holdt hendes eget outfit op.

Og så vendte Yakin sig om.

Det var ikke hans ryg, hun ville se, men nu havde han ryggen mod hende og lagde forsigtigt sine sko og tunika på bænken foran sig.

Hun turde ikke bevæge øjet for at se bedre og stirrede bare på ham, ude af stand til at gøre noget ved sin situation.

I en jævn bevægelse fjernede Yakin sine lange strømper og trak derefter de bomuldsshorts, hun havde på, ned.

Hans balder var faste, velskabte, den slags hun kunne lide.

Men hun ville se mere.

Hvorfor tog det så lang tid?

Med et frustreret grynt rakte hun ned med venstre hånd, skilte sin tunika af, rakte ind og klemte så sin bare brystvorte.

Blondeknuderne løsnede sig, og hun gled sin anden hånd ind i trusserne og kørte fingrene over kønsbehåringen og ned til slidsen mellem benene.

Hendes fisse gjorde ondt af lyst, men hun tvang sig selv til at stoppe, stille undrende.

Var han virkelig nødt til det?

Ja.

Det ville han bestemt.

Yakin vendte sig tilbage til badet og stod foran det, splitternøgen, med alt interessant i udsigt.

I det øjeblik indså han, at han ikke engang havde tænkt over, hvilken af de to muligheder han egentlig ville være sand.

Havde han forventet, at på trods af menneskets store størrelse i andre henseender, ville hans penis være på størrelse med en nisse, hvilket ville give ham håb, om end et fjernt, i håb om, at han en dag kunne vælge at placere den mellem sine lår?

Eller havde han hemmeligt håbet, i et mørkt hjørne af hans sind, at mennesker ville være proportionerede som nisser på alle måder, hvilket ville gøre hans pik lige så stor og kraftfuld som resten af ham?

Det var nu meget klart, at den sidste mulighed var den rigtige.

Hun havde aldrig set et nøgent menneske før, men hun havde set nøgne nisser, og i alle hans proportioner lignede Yakin i hvert fald en.

Hvor stor betød det for hans penis, især når han er helt oprejst?

Nu var han ikke oprejst, og han virkede enorm, hvor stor ville han være, når han var fuldt oprejst?

Hvor meget længere havde dette knust hendes håb om at besidde ham?

Lige nu var hun ligeglad.

Med sin venstre hånd kærtegnende over hendes bryst, førte hun en finger ind mellem hendes fisselæber.

Han var meget våd, varm, øm af hendes berøring.

Hun havde brug for at slippe fri, og hun havde brug for det snart.

Hans finger strøg hendes klit, og hun gispede, da hun oplevede en pludselig bølge af glæde.

Hun havde så meget brug for ham, at det gjorde ondt.

Ja, hun havde onaneret mange gange før og tænkt på Yakin, men det havde aldrig været sådan.

Billedet af ham nøgen før badet var et billede, hun helt sikkert ville have i sit sind for evigt.

Det virkede som en evighed, men der kunne næppe være gået lang tid, før han gled ned i badets varme vand.

Leder nu efter den duftende sæbe og pimpsten, som hun selv havde brugt den aften.

Vandet var rent og klart og gav hende et udsyn over hele sin krop, forvrænget af bølgerne, men mere end nok til at give næring til hendes fantasier.

Hun gled fingeren ind og ud af sin fisse, fandt en rytme og mærkede den glatte væde af sit køn.

Så, mens han så endnu en gang på genstanden for sin hengivenhed, gjorde han noget, han aldrig havde gjort før, og stak en anden finger ind.

Han begyndte at pumpe, hamrede hårdere, hans ånde var ujævn, rykkede i hendes brystvorte med sin anden hånd og vred den mellem tommel- og pegefinger.

Hun ville så gerne Yakin, men det var alt, hun kunne gøre for at føle, at han slyngede hende ind i hendes seng.

Hendes fingre arbejdede hårdt, mens hun tvang dem dybere, og forestillede sig den enorme pik helt oprejst, og arbejdede sig ind i hendes ivrige kusse.

Jeg forestiller mig de faste balder, der hamrer inde i hende med stigende kraft.

Han kastede en tredje finger ind i hendes begærlige lidenskab og fandt den stram, næsten smertefuld.

"Jeg kunne kneppe dig, jeg ved, jeg kunne..." gispede hun og indså pludselig, at hun havde talt højt.

Så ramte hendes klimaks hende, og hun buede sig ned fra sengen, hendes lille krop krampede sig, mens bølger af orgasmer bragede ind over hende, forbløffende i deres vildskab, og blindede selv synet af den nøgne mand i lysskiven foran hende.

KAPITEL III
CASSANDRA

Blødsålede læderstøvler gav ringe lyd, da den mørke hætteklædte figur gik langs en mørk baggade.

De nærliggende huse var store, nogle af de mest overdådige i Tarantia, mange af dem oplyst af lanternelys indefra på denne tid af natten.

Selv hvis det ikke var for mørket udenfor, ville lidt af figurens træk have været synlige, tilsløret under den lange hættekappe.

Skikkelsen så sig omkring for at sikre sig, at ingen så på, men gaden var øde.

Han nærmede sig bagdøren til et af husene og bankede blidt på.

Efter en lang pause åbnede døren sig lidt, og et menneskeansigt kiggede ud.

Tilsyneladende tilfreds med den besøgendes identitet åbnede manden døren bredere, og skikkelsen forsvandt indenfor.

Det indre rum var dystert, kun oplyst af lysekronen, som tjeneren holdt.

Cassandra trak hætten på sin kappe tilbage og afslørede et smukt, men alvorligt ansigt med bleg hud og skulderlangt brunt hår.

Men hans afstamning var umiddelbart tydelig, ligesom det måske var hans grund til at gemme sig.

Lige under hendes hår var spidserne af to små sorte horn, og hendes øjne glødede i stearinlysets skær som to mørke granater, en bestemt unaturlig rødlig nuance.

"Jeg vil informere din frue om din tilstedeværelse," sagde manden, der tilsyneladende ikke reagerede på nogen måde på hendes afslørende udseende, "og vent venligst her."

Da han sagde det, gik han, tog stearinlyset med sig og kastede rummet ud i næsten totalt mørke.

Det betød ikke meget for Cassandra, selvom hun ikke anede, om manden havde indset det eller ej.

Hun var en halv dæmon, hendes blod plettet af selve helvedes mørke.

De fleste af hendes forfædre havde selvfølgelig været mennesker, men en af hendes tipoldemødre havde forpligtet sig til en nat med uroligt udskejelser med en dæmon og forlod sin oldefar som et resultat.

Han kendte ikke til eller bekymrede sig om de præcise detaljer, endsige hvordan hans helvedesrørte linje havde spændt over generationer, men den helvedes plet i hans blod gav ham nogle fordele i forhold til mere verdslige mennesker.

En af dem var en fantastisk evne til at se i mørket, som ville have udfordret selv en kats syn.

Dette var, konkluderede han, et venteværelse for besøgende, som det ikke var klart for hende, at ejeren af huset ønskede, at andre skulle se ved ankomsten.

Håndværkere for det meste, sikkert, men også dem som hende.

Værelset havde lidt dekoration og kun et vindue, som var tæt lukket.

Her var et par stole, begge funktionelle, men ikke dyre nok til rigtigt at passe til huset.

Det eneste strejf af karakter var i gangen bagved, stående på en lille sokkel.

Det var en statuette, støbt i bronze, som viser en satyr med en usandsynlig stor fallus, der var i gang med at kneppe en lille nymfe.

Nymfens mund var åben, skrigende, men statuetten var for tvetydig til at sige, om billedhuggeren havde tænkt sig, at den skulle være til glæde eller smerte.

Hvilket, hun mistænkte, var ret bevidst.

Uanset hvad, virkede det som en mærkelig ting at have på gangen.

Manden vendte tilbage efter en ventetid, der helt sikkert var beregnet til at sætte hende på plads, men ikke længe nok til at være virkelig ubelejlig.

"Hendes frue vil se dig nu," sagde han og gjorde tegn til hende, at hun skulle følge efter.

Han førte vejen gennem en gang, der bortset fra piedestalen og dens figur lignede ethvert andet dyrt og overdådigt hus.

Han spekulerede på, om bronzestatuen var blevet placeret der til hans egen fordel, og i så fald, hvad var det budskab, den skulle bære.

Måske havde han kun tænkt sig at gøre hende urolig, men i så fald havde han fejlet.

Det ville tage mere end det at overraske en halv-dæmon.

Til sidst kom de til en dobbeltdør af træ, udskåret med et abstrakt basrelief, som manden åbnede for at indikere et lysere rum udenfor.

Han gjorde tegn til hende, at hun skulle komme ind, og da hun gjorde det, bøjede han sig lydløst for værelsets beboer, før han trådte tilbage og lukkede døren.

Hendes dameskab var tydeligvis en pervers.

Gobelinerne hang på tre af rummets fire vægge og skjulte eventuelle andre døre eller vinduer, der måtte have været.

Den eneste nøgne væg var den, der indeholdt døren, som de lige var kommet ind gennem, og som holdt lyse lanterner med lampetter, der kastede lys ud over rummet.

Derudover var der to stole og et lille bord, hvor der stod, hvad der så ud til at være en flaske vin og et glas.

Hvis hun skulle sidde i den tomme stol, ville bordet være uden for rækkevidde, men endnu vigtigere ville kun de tre gobelinbeklædte vægge være synlige.

Og uanset om figuren i gangen kunne have betydet at gøre hende utilpas, kunne gobelinerne sikkert.

Hver af dem viste en natlig have, fyldt med nøgne kroppe, der var engageret i grafiske og eksplicitte seksuelle handlinger.

De spændte fra det lidenskabelige til det bizarre og endda brutale.

Ud over mennesker og elvere syntes dyremænd og halvdæmoner at være fremtrædende, og mange af parrene var af samme køn.

Intet af dette havde noget at gøre med, hvorfor hun var blevet inviteret hertil, og hendes sind begyndte at formulere flugttaktik, bare som en forholdsregel.

Lady Gedren sad i den største af to tronelignende stole polstret med rødt klæde.

"Godaften," sagde hun, hendes stemme glat som silke, "sæt dig."

Cassandra havde allerede lavet sit hjemmearbejde, før hun kom, om kvinden foran hende.

Lady Taramis Gedren sås sjældent i den lokale adels sociale kredse, og med god grund: hun var selv en mørk alf.

Så vidt Cassandra kunne fastslå, var hun af en eller anden grund blevet udstødt fra sit eget samfund og havde slået sig ned her og opbygget sin formue gennem merkantilt og magisk arbejde.

Titlen som "dame" var en ren kærlighed, en tilbageholdelse fra hendes super-eksklusive opvækst.

Hun satte sig på den tomme stol med front mod den mørke alf.

Over hendes herredømmes venstre skulder var en skildring af en elverkvinde, der kvæler en minotaurs stive pik, og over den anden et billede af en menneskelig mand, lænket til et træ, mens den blev sodomiseret af en mandlig mørk alf.

At dømme ud fra menneskets egen kropsholdning var dette tilsyneladende noget, han nød meget, trods lænkerne.

Cassandra ignorerede begge billeder og holdt øjnene fast rettet mod kvinden foran hende.

"Jeg hørte, du er god," sagde hans frue.

Halvdæmonen sagde intet: givet omstændighederne var sætningen ret tvetydig.

"Ved at skaffe ting uden deres ejers viden," tilføjede Dark Elf Archer efter en kort tavshed, "ved at gå ind i lokaler, hvor andre foretrækker ikke at blive vanhelliget. Er dette sandt?"

"Ja," svarede Cassandra, en simpel kendsgerning.

Gedren vidste det allerede, ellers ville hun ikke være her.

Dark Elf Archer nikkede og beholdt sit hovmodige udtryk.

Hendes kjole, hvis den kunne kaldes det, var lavet af et mørklilla materiale, men Cassandra havde mistanke om, at dens skaber ikke kunne have været en almindelig skrædder.

Toppen bestod af to stykker af det ubeskrivelige mørkelilla materiale, strakt over Gedrens bryster, holdt sammen af en guldbroche sat med en enkelt rubin ved hendes rigelige halsudskæring, og også forsynet med sorte stofstrimler omkring hendes ryg og over hende. skuldre..

Hun bar også en kappe af et fint, silkeblødt sort materiale, der dannede en choker om hendes hals, men hun skubbede den tilbage for bedre at vise det sensuelle og erotiske ensemble af resten af hendes krop.

Sølvarmbånd dekorerede hans bare arme, mens stykker af sort polstring dækkede hans arme, panserlignende, men klart dekorative frem for praktiske.

Hans hud var kulsort, glat og fejlfri.

Hendes mave var bar, slank og buet, kun dekoreret af en guldfiligrankæde lige under navlen, der holdt en lille dinglende perle.

Under det kom den anden del af hendes kjole, to brede stropper af det samme mørkelilla materiale viklet ind mellem hendes ben og nåede til midten af hendes lægge.

De fik selskab af yderligere to sorte stropper, den ene, der spændte over hendes bare hofter, og den anden nederst på hendes overlår.

Den lignede næsten en skjorte, men alligevel efterlod den hendes ben næsten bare.

"Jeg har en opgave, der kræver nogen af dine særlige talenter," sagde Lady Gedren, "det siger sig selv, at dit skøn er absolut nødvendigt."

"Du vil vide, at stilhed er garanteret med mit arbejde", svarede den halve dæmon.

Det ville Gedren også allerede have tjekket.

Det var forventeligt i denne branche.

"Perfekt." Dark Elf Archer svarede med et let lokkende smil på hendes læber.

Hendes hår var rent hvidt, som sne, trukket tilbage i en lang hestehale, med løse frynser, der indrammer hendes ansigt.

Hans øjne var ravfarvede, men på en eller anden måde kolde som is.

Hun virkede ikke som den type kvinde, du ville krydse din vej med, men Cassandra havde beskæftiget sig med mange af den slags mennesker i sit liv, og der var få mennesker, der kunne skræmme hende nu.

Gedren krydsede langsomt sine ben og viste den glatte sorte udstrækning af et bare lår og, sandsynligvis helt med vilje, et glimt af hendes mørkelilla trusser.

Hele hans tilgang, måtte Cassandra indrømme, var ny for hende.

Normalt, hvis nogen ville imponere hende på, hvor magtfulde og skræmmende de var, ville de bruge den underforståede trussel om vold.

Dette var første gang, nogen havde forsøgt at afskrække hende gennem seksualitet.

Men hun var fast besluttet på, at det ikke ville fungere bedre end nogen anden tilgang.

Og det var ikke blot gennem brug af dekorationer og afslørende tøj, at Gedren forsøgte at få hende til at føle sig utilpas.

Selv inden for den korte tid, han havde været i rummet, havde den mørke alfs øjne allerede rejst og hvilet på hans krop flere gange.

Cassandra var iført lædertøj, som dækkede hver tomme af hendes hud undtagen hendes hoved, men der var ingen tvivl om, at hun mentalt klædte hende nøgen af.

Som halvdæmon var det en usædvanlig oplevelse, og det virkede ikke som om Gedren forfalskede sit ønske.

Så hvis gobelinerne var nogen guide, havde hendes smag en tendens til det usædvanlige og varierede, men desværre for den mørke nisse havde Cassandra lige nu ingen intentioner om at gøre det sammen med en anden kvinde.

"Der er nogle individer, der for nylig er vendt tilbage til denne by," fortsatte Lady Gedren.

"De er den slags mennesker, der har en tendens til at gå ind i de underjordiske ruiner på jagt efter guld og skatte. Jeg er sikker på, at du kender den slags mennesker, jeg taler om. De er dygtige og erfarne, som enhver, der skal overleve i lang tid. i eventyr".

Cassandra nikkede, men ventede på, at Lady Gedren skulle afslutte, hvad hun havde at sige.

"Og de har erhvervet sig noget, noget som jeg gerne vil have, at du skaffer mig...".

KAPITEL IV
VALERIE

Valeria gik op ad trappen bagerst i kartografi- og kortbutikken. Onna, butiksejeren , var en, hun havde kendt længe.

Hun havde ofte givet ham interessante dokumenter eller kort til rejsen, som havde ført dem på dramatiske eventyr i nordlandet. Det sidste kort af denne art havde været særligt nyttigt, og hun fortjente at kende resultatet af det eventyr, så Valeria tog dertil kort efter, hun kom tilbage.

Hun bankede på døren til Onnas lejlighed over butikken, og blev kort tid efter belønnet, da ejeren svarede på døren.

Valeria så, at kvinden var godt klædt på, iført en rig blå kjole uden ærmer med en lang nederdel, der var slidt ned langs siden for at vise et slankt ben og ankellange støvler.

Et bredt bælte omkransede hendes talje og fremhævede hendes figur, og selve kjolen havde en diamantformet halsudskæring åben mellem hendes bryster med stropper over hendes bare skuldre, hvor en halskæde af ravsten dinglede ved hendes hals.

Valeria lagde mærke til alt dette og indså med det samme, at det nok ikke var hendes venindes afslappede tøj.

"Har jeg afbrudt dig?" Hun spurgte: "Jeg kan altid komme tilbage i morgen."

Onna så forundret ud et øjeblik, så ned på sig selv og fulgte elverens øjne.

"Åh, intet, der ikke kan udskydes," sagde hun og rødmede let, "jeg var bare... nej, det er ingenting. Kom ind."

"Hvis du er sikker," svarede Valeria og gik ind.

Hun havde været her før, men ikke ret tit.

De så normalt hinanden i butikken.

Onna opbevarede de bedste og mest værdifulde dokumenter her, hvor de ville være sikrest.

Efter at have opdaget, at Valerias klienter betalte godt for sådanne oplysninger, havde disse dokumenter givet hende værdifulde klienter såvel som venskaber, og hun var blandt de få mennesker, der havde adgang til hendes indre helligdom.

En lang polstret sofa optog midten af rummet, sat på et rigt blåt og hvidt tæppe foran en udsmykket pejs, der på denne tid af året var slukket.

Antikke vaser og kunstgenstande dekorerede rummet og viste kvindens passion for fortidens ting.

Bagerst i lokalet indeholdt et skrivebord flere stykker pergament, tydeligvis i gang med Onnas undersøgelse.

"Jeg ville gerne fortælle dig, hvordan dit sidste salg blev," forklarede elvekvinden, "det var meget rentabelt for os."

"Ja, jeg hørte, du var tilbage," sagde Onna, "nyheder rejser hurtigt. Conan og Snagg var til The Gold Cup for kun to nætter siden, og allerede halvdelen af byen ved det."

Valeria nikkede smilende.

Conan havde ikke været tilbage før næste morgen, hvilket næsten var usædvanligt, og selv Snagg var kommet for sent.

Ingen tvivl om, at de havde brugt deres tid på at glæde enhver, der ville lytte.

"Så du kender allerede historien?" spurgte hun lidt skuffet.

"Kun historien på en vag måde; du skal færdiggøre den for mig. Men før det har jeg andre ting til dig. Jeg er stødt på et dokument, som jeg tror, du kan finde ret interessant."

"Vi planlægger ikke at gå ud igen endnu," advarede Valeria hende, "men det er ikke en grund til ikke at kigge, det er jeg okay med."

Hvis dokumentet var nyttigt, ville det være bedre at købe det nu end at risikere at få det solgt til andre eventyrere, før de kan få det.

Hun fulgte Onna hen til skrivebordet og kiggede nysgerrigt på pergamentstykkerne foran hende.

"Dette er det eneste eksemplar, der eksisterer," sagde Onna til ham og holdt en bunke af ældre skriftruller op. "Faktisk handler det om denne by, lige her. Et gammelt dokument, som kom i mine hænder ved et tilfælde. Det ser ud til at være en fortælling fra nogle eventyrere fra svundne tider. De fandt noget under byen, i de gamle kilder, tror jeg. Se, der er nogle kort her, ret groft tegnede, jeg ved det, men de lader til at henvise til noget farligt."

"Intet farligt nok til at ødelægge byen i et århundrede eller deromkring, vel?" High Elf Archer svarede smilende.

Onna smilede tilbage, et glimt af hvide tænder.

"Nej, det tror jeg ikke. Men det er alligevel interessant, synes du ikke? Og lige her, så der er ingen grund til at 'gå' nogen steder for at undersøge det. Jeg tror, du kan finde det givende at læse."

Valeria nikkede: "Jeg er interesseret. Vi kan diskutere priser senere."

Selvfølgelig... men der er en sidste ting. Noget jeg har brug for din hjælp til, faktisk. Jeg stødte på et andet dokument for nylig. Der er ingen grund til at antage, at det er af særlig interesse for eventyrere... men altså, det er på en arkaisk elverdialekt, som jeg har svært ved at oversætte. For at være ærlig, så kommer jeg ikke for langt; der er for mange ord, der er ukendte for mig. Hvis du kan se den og give mig en idé om, hvad der er værd at se nærmere på... Jeg kan måske tilbyde dig rabat på denne anden," hun klappede let på bunken af kort.

"Ja, hvorfor ikke? Lad mig tage et kig, så skal jeg se, hvad jeg kan fortælle dig."

Onna afleverede et par ark pergament, som ikke så så gamle ud som de andre.

Ja, dialekten var meget arkaisk, og må være blevet kopieret flere gange, men manuskriptet var tydeligvis alvisk.

Han så på dem et kort stykke tid, og kvælede så et grin og lagde hånden over munden for at skjule sin morskab.

"Undskyld," sagde han, "det er ikke helt, hvad du tror. Det er ikke rigtigt arkaisk... tværtimod, hvis noget. Men nej, jeg kan se, at mange af disse ord ikke er, hvad du normalt ville finde i dit arbejde ." Og stilen er ... det er heller ikke rigtig en, jeg er bekendt med."

Onna rynkede panden og så forvirret ud.

Hendes mundvige rykkede dog i sympati med High Elf Archers morskab, men uden at vide hvad joken handlede om.

"Så hvad er det? Er det ikke værdifuldt? Fortæl mig, at det ikke bare er en indkøbsliste eller noget!"

"Nej, det er det ikke", Valeria havde svært ved ikke at smile.

Det var virkelig ikke hendes venindes skyld, at hun var stødt på det her.

"Og jeg formoder, at det kunne være noget værd for den rigtige køber. Det er bare... ja, måske skulle jeg læse lidt, så du ved, hvad jeg taler om."

***

Den duftende duft af roser hang i luften, lyset plettede de grønne blade som et strejf af sollys på glitrende vand.

Elverjomfruen ventede på lyksaligheden ved det udbrud, der skulle varsle et nyt daggry, hendes hjerte sang en gammel, men ny melodi, et løfte om en frugtbar opvågning.

Hendes elskers åndedræt, så blød som sommerregn i hendes ansigt, hendes kys, løftet om en uafsløret fremtid.

Berøringen af en sommerfugl ville være lige så sød, som da elverjomfruen bragte de store, lyse kugler af hendes ønskede elskers bryster til sin tunge...

***

"Undskyld, jeg kan bare ikke blive ved!" sagde Valeria nu og grinede højt.

"Men jeg tror, du forstår billedet. Det her... det er dybest set elverporno. Og stilen er nok mere overdreven, end den ser ud til at være oversat til almindelig tale. Poetiske hentydninger og så videre... folk læser dette , men lad være. Det er en del af hendes almindelige læsning, det tror jeg ikke. Hun vil heller ikke give mig indtryk af at være en meget ekspert i disse læsninger."

Det ser ud til, at Onna reagerede anderledes.

Hun virkede mere nervøs end noget andet med store øjne, selvom hendes mund stadig rykkede til et halvt smil, som om hun i det mindste kunne se den sjove side.

Han åbnede munden, som om han var ved at sige noget, men hun syntes at tænke bedre over det.

"Ja?" sagde Valeria med mere venlighed, selvom hun fortsatte med smilet på læberne.

"Men ... øh ... jeg mener, elverjomfruen i ... øh, sagde du ikke 'om hendes elsker'..." Hun trak sig ud og begyndte nu at rødme lidt.

High Elf Archer indså straks kilden til hendes vens forvirring.

Mennesker plejede at være lidt langsomme til disse ting.

"Ja," sagde hun og så lidt mere alvorlig ud nu, "elverjomfruens elsker er en anden kvinde. Uden at læse videre er det svært at være sikker, men der ser ikke ud til at være nogen mand involveret i denne særlige historie."

"Er det... er det almindeligt?"

Onnas øjne var stadig store, og nu greb hun om siden af skrivebordet med den ene hånd, og en bølge af følelser krydsede hendes ansigt.

Hun var tydeligvis flov over at spørge mere, men nysgerrig på samme tid og ville gerne vide svaret.

"Blandt nisserne? Ja, det er det."

Et direkte svar syntes at være den bedste måde at håndtere problemet på.

Den menneskelige kvinde var i hvert fald ikke flippet ud eller reageret negativt.

Hun fortjente i det mindste en klar forklaring på det... men Valeria var stadig ikke klar over, hvor spørgsmålene var rettet hen.

"Se, dybest set er vi alfer frie mennesker. Sex er en anden oplevelse, noget vi nyder som en del af vores kærlighed til naturen; vi binder den ikke til strenge regler og regler. Og den frihed strækker sig til vores partners køn eller ledsager, lige så meget som noget andet. Og det er ikke kun kvinder; elvermænd er ofte fortrolige med hinanden på en måde, som de fleste mænd ikke er. For os er det hele virkelig en del af livet.".

"Så..." hun virkede usikker på, hvordan hun skulle få de næste ord ud.

Hans blå øjne var rettet mod Valerias, og hun slugte sin nervøsitet lidt.

Pludselig var det helt klart for High Elf Archer, hvor det hele skulle hen.

Og hun ville ikke protestere på dette tidspunkt, hvis bare Onna kunne stille spørgsmålet.

"Så..." fortsatte kortsælgeren, "virkelig...?"

"Ville han elske med en anden kvinde?"

Hun vidste, at hun var sikker på, at det var det, hun ville spørge om nu, og hun ville bare se menneskets reaktion.

"Ja, det ville jeg. Der er ikke noget galt med en mand... som jeg sagde, vi er frie med vores følelser. Men på trods af det er der intet som følelsen af en kvinde; de ved altid, hvor de skal røre ved. Og det Jeg finder det virkelig guddommeligt."

Han tog et skridt frem, så de kun var centimeter fra hinanden, men Onna bevægede sig ikke, og hendes øjne havde stadig ikke forladt Valerias.

Han slikkede sig om læberne for at fugte dem.

Valeria så, mens hendes venindes lyserøde tunge gled over hendes læber.

Onnas bryst rejste sig og faldt nu, tydeligt synligt gennem den lave kjole.

High Elf Archer undrede sig nu over, om kjolen, så smuk den end var, var beregnet til, at hun skulle se.

Onna ville have vidst, at hun kom...men det havde hun tydeligvis ikke regnet med; hans forvirring ved at høre passagen læst havde været meget tydelig.

Måske havde hun ønsket det i en eller anden dyb del af sit sind, men havde ikke rigtig forstået det før nu.

Nu hvor muligheden bød sig så tydeligt som muligt, var hun forvirret.

Onna trak vejret igen, og så spurgte hun med en stemme, der næsten rystede og knap var hørbar selv på denne korte afstand, "Kan du lære mig det?"

I stedet for at svare lænede Valeria sig frem, kærtegnede kortsælgerens kind og kyssede hende så på læberne.

Det var en simpel berøring, men et øjeblik trak Onna sig tilbage, usikker på sig selv.

Men kun et øjeblik var det allerede Onna, der tog det næste skridt og kyssede elver-troldkvinnen som svar, og denne gang med mere selvtillid end før.

Deres læber delte sig, og deres tunger flettede sig sammen, da Valeria pressede sin krop mod sin vens og mærkede formen på hendes bryster gennem hendes tøj.

Hun lænede sig tilbage, kiggede ind i Onnas ansigt, kiggede ind i hendes blå øjne og mærkede det uudtalte indre begær efter hendes ord, som hun havde så svært ved at formulere.

Hendes sandede hår blev trukket tilbage og efterlod hendes lange hals bar, attraktiv.

Valeria førte fingerspidsen langs Onnas hage, løftede hende lidt op, kyssede så hendes hals og siden af hendes hals med hendes anden hånd om kvindens talje og mærkede den bløde varme fra stoffet.

"Måske skal vi flytte til sofaen?" foreslog hun.

Der var et soveværelse her et eller andet sted, men nissen var for ivrig til at spilde tiden på at gå til det, og hun havde en mistanke om, at den menneskelige kvinde var det endnu mere.

Bedre her, i dette rum, der ikke er bekendt for begge.

Den anden kvinde nikkede, måske tænkte de samme tanker, eller måske for ophidset lige nu til at tænke på noget andet.

Onna sad i sofaen, næsten floppende, hendes ben slap.

Valeria smilede og rakte ud for at røre ved kvindens ansigt igen.

"Bare rolig," sagde hun beroligende, "det her bliver sjovt."

Hun satte sig halvt ned i sofaen ved siden af ham, så de stadig stod over for hinanden.

Onna lænede sig op ad sofaryggen for at få støtte, hendes arme strakte, hendes mund en smule åben, stigningen og faldet af hendes bryst mere tydeligt end nogensinde før.

En sølvspænde holdt stoffet i hendes kjole over den diamantformede halsudskæring, hvorigennem Valeria kunne skimte en del af kvindens spalte.

Hun gled sin finger langs sin ledsagers kraveben, forbi den smykkede halskæde, og løsnede derefter behændigt låsen, trak de to stykker stof ned og til siden, og blottede Onnas bryster.

Den menneskelige kvinde bevægede sig ikke, som om hun var frosset, hvor hun var, hvortil Valeria smilede til hende igen og rakte ud efter skulderstropperne.

Til sidst bevægede Onna armene, som om hun var i trance, og rejste sig lidt fra sofaryggen, så Valeria kunne sænke kjolen fra skuldrene til taljen.

"Du ser smuk ud," sagde han ærligt, men kvinden svarede ikke.

Han kyssede igen, kort, Onnas læber og tunge og sagde mere med den entusiasme, hvormed han modtog kyssene, end med hvad han kunne sætte ord på.

Hendes bare bryster gned nu mod stoffet i Valerias egen kjole, men High Elf Archer besluttede at beholde sit eget tøj lidt længere.

Da han afsluttede kysset, så han tilbage på Onnas bryst.

Kvindens bryster var rigelige, større end hans egne, men ikke alt for begavede.

Hun bevægede hænderne hen over dem, mærkede hudens glathed og fik de lyserøde brystvorter til at hærde.

Kortsælgeren gav et gisp af det, et hvin af glæde, der steg ufrivilligt.

Valerie smilede igen.

Hun nød det og tog sig tid.

Hun bøjede sig ned for at kysse et bryst, rullede brystvorten under hendes tunge, hvilket fik hendes ven til at gispe igen, hårdere denne gang.

Hans lidenskab steg nu, ubestrideligt, men alligevel bevægede han sig ikke hen imod elverkvinden.

Valeria kyssede det andet bryst, bevægede sin hånd for at slippe det og rejste sig så op.

Onna virkede fornærmet et sekund, og hun ønskede tydeligvis, at fornøjelsen skulle fortsætte, indtil hun indså, at Valeria forsøgte at knappe sin kjole op.

I modsætning til den menneskelige kvinde havde hun ikke klædt sig specielt på i dag, selvom hun i retrospekt ville ønske, hun havde.

Hun bar en lang grøn kjole, skåret ved kravebenet, men ikke lavere, med lange ærmer og en bleggul overdel, der viste hendes slanke talje.

Hendes hår blev holdt tilbage over hendes spidse ører af grønne bånd øverst, men faldt løst ned ad ryggen og nåede næsten toppen af hendes balder.

Nu løsnede hun låsen, der holdt kjolen bag i nakken, og befriede armene fra de smalle ærmer og lod kjolen glide over hofterne.

Mens hendes veninde åbenbart havde valgt ikke at bære noget under toppen af sin kjole, havde Valeria stadig en slip under sig, blød hvid silke, der smigrede hendes smukke kurver.

Han kunne mærke forventningen i Onnas øjne, mens han så hende klæde sig af, hans blik bevægede sig fra hendes slanke lægge og bløde grønne sko, langs hendes silkeklædte krop til kurven af hendes små bryster.

For at forlænge øjeblikket lidt længere, tog Valeria sin kjole af og tog sine sko af én efter én.

Så knælede hun på tæppet og mærkede det tykke materiale mod sine bare knæ.

Han slap den ene skulder af slipsen, og derefter den anden, skubbede silken langsomt ned ad hendes krop, for at mødes ved hendes talje.

Onna gjorde ikke noget for at røre ved hende, så hun løftede hånden lidt mod hende og kyssede hende igen.

Deres bryster rørte ved, nu uden noget klæde imellem, elverens mindre par bryster, der pressede mod de større mennesker.

Kortsælgeren gispede og trak sig væk fra kysset, hendes følelser alt for tydelige.

Valeria besluttede, at hun havde ventet længe nok.

Hun lænede sig tilbage på hælene igen og flyttede hænderne op ad Onnas bløde mave, drillede hendes navle undervejs, og spændte derefter hendes bælte op og lagde det til side, inden hun smed den blå kjole over kvindens ben, for at samle sig på hans fødder. .

Onna sparkede til hende, ivrig efter at fortsætte, og nu kun iklædt sine støvler og et par hvide trusser.

Nu sænkede Valeria sin venindes trusser og efterlod dem ved hendes fødder, men ingen af kvinderne bevægede sig for at tage deres støvler af.

Valeria spredte forsigtigt menneskets ben fra hinanden og kærtegnede indersiden af hendes blottede lår.

Onna rystede, pludselig sårbar, helt udsat.

"Du vil have dette?" spurgte High Elf Archer, der allerede vidste svaret, men ville høre ordene.

Men Onna tav, og nikkede bare tavst.

Hun kørte igen fingrene hen over kvindens mave, denne gang nåede hun længere ud og strøg det krøllede hår over sin kusse.

Så knælede hun ned og kyssede ham.

Kortsælgerens krop buede sig, og hun udstødte et støn af velbehag, den højeste lyd, hun nogensinde havde givet.

Opmuntret kørte Valeria sin tunge langs hele længden af kvindens skamlæber og kastede derefter sin tunge dybt ind i hendes kusse.

Stønnen denne gang var endnu højere, hendes lår krampede, og Onna rakte ned, kørte fingrene gennem elverkvindens hår og holdt hende mod skridtet.

Valeria fortsatte med at glide tungen ind og ud, nyde hver dråbe af menneskets følelser og drille hendes klit.

Hans hænder kærtegnede kvindens lår og bund, og løftede hende ind i en bedre fornøjelsesposition.

Onna stønnede, greb sit eget venstre bryst med den ene hånd og tog fat i elvermagikerens hoved med den anden.

Hun talte for første gang og råbte Valerias navn, hendes hofter rystede.

Da High Elf Archer fortsatte med at sondere, slikke og svirpe sin klit med tungespidsen, kunne hun se, at kortsælgeren var tæt på klimaks.

Alle spor af hendes tidligere stilhed var væk nu, hendes nydelsesstøn rungede gennem rummet.

Hun kunne ikke holde til meget mere.

Og Valeria ville ikke have, at hun også skulle gøre det.

Med et langt, udtrukket gysende støn, kulminerede Onna, hendes krop buede mod sofaen, hendes støvlefødder tromlede på gulvet, hendes bryster strakte sig.

High Elf Archer lænede sig tilbage og så på kvinden, mens hun pustede, med svedperler nu perler hendes nøgne krop.

"Det var... det var..." gispede Onna, mens hun kæmpede for at genvinde sin normale vejrtrækning.

"Det," sagde Valeria, "er ikke forbi endnu. Jeg tror, du stadig vil have mere... og jeg vil give det til dig."

Hun rejste sig og lod slipsen glide over hendes ben til gulvet.

Den menneskelige kvinde så næsten ud, som om hun følte sig skyldig, mens hun gjorde det, men så slikkede hun sig om læberne, mens hun indtog alfens nøgenhed, der stod foran hende.

"Jeg ved ikke, om jeg kan..." sagde hun og bønfaldt. "Ikke endnu ... du er smuk, Valeria, og jeg vil ... men jeg har brug for at trække vejret."

"Åh, jeg tror, du er klar nu," svarede hun og lænede sig ned for at kysse de læber endnu en gang.

Onna lukkede øjnene, kysset blev ved, og bevægelsen af hendes krop, da deres bryster rørte ved, overbeviste endnu en gang alfen om, at hun havde ret.

Hvilket var godt, for hendes egen fisse gjorde ondt nu, hendes egen fornøjelse tog for lang tid.

Hun tog Onnas hånd og trak hende hen til gulvtæppet, så de to lå ansigt til ansigt.

De kyssede igen, deres kroppe flettet sammen, deres ben gled mod hinanden.

De krammede, Onna førte fingrene på den ene hånd gennem alfens lange, silkebløde hår, så kærtegnede hendes ryg, mens Valeria kærtegnede hendes balder.

Kysset fortsatte, kortsælgerens krop gned mod Valerias og hendes brystvorter igen hårdnende.

High Elf Archer slap hende, lod hendes hånd glide op til det ene bryst, og gned derefter en finger over den lyserøde brystvorte.

"Du ser?" sagde hun, "du er mere end klar igen. Men denne gang..."

"Åh ja," sagde Onna, "jeg vil gerne have, at det her skal være for os begge. Jeg har ofte tænkt... på sådan noget. Hvordan det ville være at være sammen med en anden kvinde, men aldrig... det gjorde jeg Jeg tror ikke, jeg ville få chancen. Nu, ja, jeg vil ikke miste dette øjeblik."

"Gør som du vil mod mig, uden frygt," svarede High Elf Archer og kyssede hende endnu en gang.

Onnas hænder bevægede sig og gled rundt om hendes mave og op til alfens små bryster.

Valeria sukkede glad og rullede op på ryggen.

Kortsælgeren lænede sig ind over hende, kyssede hendes kraveben, skød det ene bryst, mærkede det mod hendes hænder, men ikke mere.

For at opmuntre hende førte elvereventyreren sin egen hånd over kvindens mave, udforskede mellem hendes ben endnu en gang, og fandt hendes læber fugtige og hævede, stadig indbydende til nydelse.

Onna gispede og lænede sig så ned for at kysse hver af Valerias brystvorter, hendes tunge våd og ivrig.

"Ja..." mumlede hun, "åh ja..."

High Elf Archer reagerede ved at bevæge sine fingre indad og trænge ind i våden af kvindens kusse.

Hendes partner stønnede og vred sig på gulvtæppet, da Valeria krogede et ben gennem hendes.

Til sidst syntes Onna at indse, hvad hendes elsker havde brug for, idet hun forsigtigt rørte mellem alfens ben og kørte en finger mellem hendes lår.

Hvor meget kostede den berøring ham, den provokerende handling! Valeria bevægede sine egne fingre ind og ud, gled ind i våden af Onnas kusse og viste kvinden, hvad hun selv ville.

Mennesket dykkede, med tommelfingeren glidende over elverkvindens kusse, ind i hendes køns sødme.

High Elf Archer stønnede sagte, opmuntrede hende og bevægede sine egne fingre hurtigere.

Det var for meget for Onna.

Hun rullede om på sin egen ryg, sparkede med benene, rystede, trak sig op.

Valeria støttede sig op på den ene albue, hendes fingre pumpede stadig ind og ud, mens Onna rakte ud efter et af hendes bryster.

Kvinden bønfaldt hende nu, gispede og skreg af fornøjelse.

Valeria vred sig og lagde sit ansigt ind i Onnas kusse igen.

Han slikkede den ivrigt, hans pegefinger gled stadig ind og ud af kvindens våde, og fandt hendes klit med tungen.

Onna skreg og glemte sine egne kærtegn, den ene hånd tog fat i Valerias balde og pressede hendes næse mod veninendens mave.

High Elf Archer skrævede over hende, det ene lår på hver side af hendes ansigt, mens hun stadig slikkede og suttede, mens hendes finger fortsatte med at sondere.

Med et sidste ordløst skrig rakte Onna for anden gang, hendes krop krampede, krampede Valerias ryg, hendes ansigt nu presset mod en af alfens inderlår.

Hendes ben rykkede, og hun stønnede, da eventyrerens lange hår gled over hendes side.

"Gudinde, jeg er ked af det," sagde mennesket. "Du er så god". Hun slugte, før hun fortsatte: "Men jeg vil have det hele. Nu ved jeg, hvordan det føles. Og jeg vil gerne få en anden kvinde til at komme som mig. Jeg har bare brug for... Jeg skal bare vide, hvordan man gør det rigtigt."

"Jeg tror, du ved, hvad du skal gøre," sagde Valeria, "som om du gjorde det mod dig selv."

Han var utålmodig nu, men prøvede ikke at vise det.

"Jeg har brug for dig, jeg har virkelig brug for dig nu. Jeg kan ikke vente længere."

Onna strakte sig og vendte ansigtet mod alfens egen kusse.

Valeria mærkede hans finger glide ind i hendes fisse og gispede igen, da fornøjelsen begyndte at vokse.

Hun havde brug for frigivelsen, hun havde hårdt brug for den nu.

Hun rokkede hofterne frem og tilbage og gned sin finger mod indersiden af sin fisse.

Kortsælgeren trak vejret tungt, stadig usikker på sig selv.

"Ja, det er fint," jamrede High Elf Archer, "hold ikke op."

Onna logrede utålmodigt med fingeren nu, og Valeria rystede af forventning.

Den menneskelige kvindes hånd var nu glat med sit køn, mens nissen kyssede indersiden af hendes lår og kørte tungespidsen over hendes skedelæbe.

Ved et tryk på sin tunge udstødte kortsælgeren et kvalt skrig, trak hendes finger ud og tog fat i Valerias balder med begge hænder og tvang hende til at sænke skeden ned i hans mund.

Hendes tunge gled ind i alfens kusse og gled uerfaren, indtil den fandt hendes klit.

"Ja, lige der!" Valeria skreg og knuste hendes hofter ind i kvindens ansigt.

Onna var modig, hendes dygtighed og selvtillid voksede tydeligvis.

Det var alt, han havde brug for, mod.

High Elf Archer kunne ikke længere tale.

Hun gispede, skreg sin elskers navn, mens den lækre fornøjelse tog til. Hun kom pludselig, hendes lår var næsten ved at fange Onnas hoved.

Det var en eksplosion, hendes indestængte lidenskab forløst i et pludseligt øjeblik, hendes støn gentog hendes kammerats.

Bølger af nydelse slog ind i hendes krop og efterlod hende blændende tom.

Onna vidste nu præcis, hvordan det føltes at have en kvindes orgasme i ansigtet...

HISTORIEN FORTSÆTTER I :
CONAN BARBAREN
ANDEN DEL

Don't miss out!

Visit the website below and you can sign up to receive emails whenever Erika Sanders publishes a new book. There's no charge and no obligation.

https://books2read.com/r/B-A-IGGS-VNENC

Connecting independent readers to independent writers.

Milton Keynes UK
Ingram Content Group UK Ltd.
UKHW040645120923
428521UK00001B/48

9 798223 734307